KB109073

미리 이별을 노래하다

미리 이별을 노래하다

차창룡 시집

민음의 시 83

민음사

自序

돌아보니, 참 형편없는 시를 시랍시고 내놓았다. 그러나 이번 시집이야말로 내 시의 진정한 출발이다. 출발이 형편없어서 안심이다. 형편없는 이 시의 집에는 네 개의 방이 있고, 한 개의 다락방이 꼼사리 끼어 있다. 그 방들 역시 초라하다. 각 방의 문에는 낙서가 휘갈겨져 있다. 수많은 낙서가 있었는데, 나머지는 모두 지웠다. 낙서 중의 낙서만 남았다. 다락방에는 이른바 '시론'이라는 모호한 장르의 낙서가 어지럽게 흩어져 있다. 엄밀히 말해 '시론'이라 말할 수 없는 시론이 이른바 '시론'이란 이름으로 낙서되어 있다.

살펴보니, 참 형편없는 시집이다. 그런데도 나는 이 형편없는 시집을 시집이랍시고 내놓는다. 사랑하는 것을 좀 더 폭넓게 경멸하기 위해서. 나는 니체의 이 말을 경멸한다. "자기가 사랑하는 것을 경멸한 적이 없는 자가 사랑에 대해 무엇을 알겠는가?"

1997년 가을 빨랫줄에 빨래를 널며
차창룡

차례

1

유치한 시

내 시의 원천은 솔직히 말해 '유치함'이다.
유치함을 벗어던지려 했으나,
유치함은 늘 다시 돌아왔다.
그는 불쌍한 사생아다.
그리하여 나는 아직도
미운 자식(자식은 원천이다.)을
보듬고 있다.

미리 이별을 노래하다
—오늘은 이슬을 만나

햇빛을 담뿍 머금은 이슬
햇빛 떨어질까 봐
입술을 꼭 다문 이슬

이슬 떨어질까 봐
발소리 죽이며 이슬로 가네

이슬 알아차리고
떠나 버릴까
숨소리 죽이고 이슬로 가네

이슬
어느새 알아차리고 이슬로 사라지네
태어나지 못한 아이의 눈빛
이슬이었네

미리 이별을 노래하다
—오늘은 노을을 만나

나는 압니다
당신이라는 거대한 촛불은
내가 다가가자마자 꺼질 준비가
되어 있다는 사실

그러나 오늘 당신을 만나
당신의 타오르는 불길에 젖고 싶은 마음
어느새 식어 가는 당신의
젖은 몸속에 뛰어듭니다

나의 날개부터 당신이 되고
나의 온몸이 당신이 되고
당신의 온몸이 나의
온몸이 되고

아 그러나
당신의 몸속에는 이미
당신이 없습니다

젖은 당신이 화산으로 타오르기 전
아니 당신을 만나기 전
당신은 이미
당신을 떠났던 거지요

당신의 몸은
당신을 만났다는 환상일 뿐
색깔을 바꾸어
어둠으로 깔릴 뿐

밤하늘 1

별들이 자꾸 사막 같은
구름 속에 눕는군요.

사막 같은 구름은
눈물을 흘리고요.

그 모습이
왜 아름답지요?

밤하늘 2
―목탁

저 달 폐병 걸렸나?
엑스레이 사진에 구멍이 뚫렸네.

그 모습이 왜
아름답지요?

밤하늘 3
— 북소리

비오는 밤에는
왜 하늘을 보지 않지요?

비오는 밤에는 별이
내 살갗에 박히니까요,
모래알로.

모래알에서는
소리가 나요.

그 소리는
왜 슬픈가요?

미리 이별을 노래하다
―오늘은 비를 만나

사랑하는 사람을 만들지 말라
미워하는 사람도 만들지 말라
미워하는 사람은 만나서 괴롭고
사랑하는 사람은 만나지 못해서

싯다르타의 사랑의 체험담이 없었다면
견디지 못했을 것이다
그의 고백이 없었다면
내 시는 이 말을 하려고

사랑하는 사람을 잃다니
그 사람 분명 존재하거늘*
사랑을 잃다니
사랑이 있기라도 한단 말인가

비 오는 밤
고속버스를 타고 창밖을
불빛 타오르는 저, 불빛
거미줄이 동여매고 있네

불빛을 향해 나방이 모여드는 한
불빛에는 거미줄이 걸리네
비 오는 밤, 물방울 맺힌
충혈된 눈아, 빛을 누지 마라

모든 빛은 거미줄을 배설하므로
거미줄에 걸린다
나방이여, 없는 거미줄에 걸리지
사랑을 잃다니

* 그 사람이 존재한다는 사실을 증명할 방법은 없다. 있다. 그의 이름, 이름과 결합한 육체, 그의 육체가 복사된 사진, 그의 사진이 살아 있는 척하는 비디오테이프, 그의 운명을 담은 주민등록증, 주민등록증 속의 사주팔자, 주민등록증 속의 풍수지리, 주민등록증의 자궁에서 태어난 여권, 운전면허증, 각종 자격증, 사원증, 저금통장, 그의 손가락이 쓴 편지, 그의 지문이 묻은 온갖 사물들, 그의 목소리를 박제한 녹음테이프, 그의 냄새가 휘발되지 않은 옷, 그의 침이 묻은 담배꽁초, 그가 헌혈한 피, 그를 알고 있는 또 다른 그들, 이 모든 증명서로써(서) 그는 존재한다. 이 모든 증명서가 사라진다면, 그는 없어지는 것일까? 그리고 그 증명들이 태어나기 전에는 존재하지 않았던 것일까? 혹시 나는, 존재하지 않는 그의 존재하는 증명서들을 사랑한 것은 아닐까?

낙서

고속버스의 창문을 통해 바라보는 모든 빛에, 아니 나의 눈에 거미줄이 걸려 있었다. 거미줄을 걷어 내려 눈을 만지다가…….

밤하늘 4

산 위에서
올려다보니 별 서너 개
저기 또 하나
잡으려면 어느새 숨어 버리는 이〔蝨〕처럼
내 마음을 간지르는

저 별
손톱으로 꼭 눌러 죽이고 싶은
마음의 가려움
내려다보니
이토록 많은 별들

꿈꾸는 눈빛에게
시간은 더디 흐른다
밤새도록 흘러도
늘 제자리인
저 강물 속 강물 위

가라앉아 있는 떠 있는

어린 시절

손톱으로 눌러 죽인

수많은 별들

여기 와 살아 있다니

미리 이별을 노래하다
— 오늘은 봄을 만나

겨울에 나무를 만나면 쓸쓸해지느니
무념무상의 열반에 잠겨 있는
뼈만 남은 참선으로 봄을 길어 올리는 나무는
봄이 올라올수록 땅속으로
무덤을 파느니 미리
무덤을 파기에 쓸쓸함 없느니

중생은 아프네
아프지 않은 나무를 보니 아프네
나무가 아프지 않기 때문에 아프고
나무는 아프지 않은데 자기는 아프기 때문에
더욱 아프네 중생은
아프지 않기 위해선 미리
무덤을 파거나

나무와 이별해야 하네
나무와 이별하는 건
아직 제 얼굴을 갖추지 못한 나뭇잎과 미리
이별하는 것

제 눈곱도 떼지 못한 꽃과 미리
이별하는 것

겨울에 나무를 만나면
미리 이별해야 하네

꽃을 만나기 전에 미리
꽃과 헤어져 버린다면
세상에 아픈 나비도 없을거니
나비라는 아픔도 없을거니
나비라는 병도 없을거나

병을 만나 한잔 하기 전에
병과 헤어지면
병의 괴로운 술주정도 없을거나

병과 헤어진다 만나기 전에
헤어짐의 술잔을 살며시 들어
있지도 않은 병에게 붓고

병의 곁에 있지도 않으면서
병의 곁에서 멀어지느니

병의 곁에서 멀어지자 병이 없듯이
병은 없느냐
나라는 병도 없느냐
이별 또한 병을 떠났느냐

넋두리
이번 봄과 이별하는 것은 다음 봄과 미리 이별하는 것일까?
봄에 씨앗을 뿌려 가을에 곡식을 거두듯이, 봄에 씨앗을
뿌리지 않으면 가을에 곡식 또한 없듯이, 겨울에 사랑하면
꽃이 피듯이, 겨울에 미리 사랑을 떠나면 꽃도 없는 것일까?
꽃이라는 단맛이 없으면, 꽃이라는 쓴맛도 없는 것일까?
　물음표에서 나비가 꿀을 딴다. 꿀이라는 물음표와 이별하는
나비는 나비가 아닐지도 모른다. 그러나 나비는 나비로부터
벗어나야 진정한 나비가 되는 것은 아닐까? 해탈은 인간의
완전한 완성이고, 나비의 자기로부터의 완전한 이별은
나비로서의 해탈이 아닐까? 그렇다면 나비는 나비와 이별해야
한다. 최소한, 이번 나비와 이별함으로써 다음 나비와는 만남도

없이 이별해야 한다. 완전한 이별을 완성해야 한다. 나비여, 먼저 물음표부터 멀리하라. 미리 이별하라.

4월의 눈, 보라

목련 꽃 그늘 아래서 베르테르의 편질* 읽는데, 목련 꽃가루 같은 눈이 내렸다. 희한하게도, 땅에 내리는 눈은 내리지 않았다는 듯이 녹아 버리지만, 차운 풀 위에 내리는 눈은 녹지 않고 풀과 깊게 포옹하며 마침내 풀의 옷이 된다. 더욱 희한하게, 목련 꽃 위에 나래를 접는 눈은 쉬 녹아 버리지만, 이파리에 추락하는 눈은 녹지 않아 새 색깔의 이파리가 된다. 꽃은 피우지 못하고 이파리만 무성한 내 청춘, 눈을 녹이지 못하고 눈으로 겹겹이 둘러싸여 온몸이 마비된다. 마음만 꽃이기에 눈을 녹여 혼자서 피어나려 애를 쓰다, 지쳐 버리고. 하기야 마비된 몸의 마음이 어찌 온전하리. 그런 마음새를 옛 님들은 슬픔이라 일컬었으니, 눈보라 보는 마음 한껏 슬프다. 그러나 슬픔이란, 겪으면 서럽지만 보면은 오히려 즐거운 것, 젊은 베르테르여, 4월의 눈, 보라.

* 박목월 작시 「4월의 노래」 중.

새벽 귀가

하루의 낭떠러지에서 떨어지는
새벽 비
새벽 비 홀로 맞으며
돌아오는 길
하루의 절벽을 기어올라
돌아가는 길
사랑하는 사람들 멀어지는 길
아무도 없고
즐거웠던 시간만 발자국으로 남는 길
새벽 비가 열심히
발자국을 지우는 길
새벽 비가 하루를 지우면
또 하루가 시작되는 길
가로등은 꿈적도 않는 길
발걸음만 비틀거리는 길
범종 소리 갈피를 잡지 못하고
퍼지는 길
차도 없는 길
새벽길은 뻥 뚫린 길

내 마음만 막혀
비는 내릴 수 없는 곳으로 내리네
비는 절대
내릴 수 없는 곳으로 내리네
쌓이네
하루를 씻으며
하루가 쌓이네
새벽 비는
자꾸만
쌓이네

2

저주받은 시

이 시의 집에는 몇 개의 방이 있고,
각 방문마다 쓸데없는 말들이 새겨져 있다.
본디 온갖 잡스런 소리가 난잡하게 흩어져 있었는데,
그중 가장 쓸데없는 말들만 골라 놓은 것이다.
그런데 이 방의 문에는 아무런 낙서도 없었다.
얼마나 쓸데없는 시들만 모였으면,
악마들이 아무런 낙서도 하지 않았을꼬.
이를 슬퍼하면서도 나는 스스로 악마가 되는 기쁨을 누린다.
아니 누리지 못한다.
별로 악랄해질 필요 없는 악마에게 무슨 낙이 있겠는가?
상대는 이미 치명적인 병에 걸렸는걸.

화상

꽃이란 참 뜨거운 것이군
자신을 태워 열매를 익히다니

남자는 여자에게 꽃을 바치네
여자는 남자에게 꽃이 되네

왜 하필 꽃이라 해서 너를 사랑하게 하느냐
똥이라고 하지 않고

여자는 남자에게 똥을 바치네
남자는 여자에게 똥이 되네

똥이란 참 뜨거운 것이군
똥을 꺾다가 화상(花傷)을 입었네

똥개 번개 되다

별도 너처럼
새카맣게 탈 수 있구나

나도 너처럼
새카맣게 탈 수는 있지만

나도 너처럼
순간의 별이라도 된다면

너의 눈에도 핏발이 서 있구나
하늘나라에도 한이라는 게 있더냐

나도 너처럼 새카맣게 탈 수는 있지만
사람도 짐승도 원두막도 안테나도 전봇대도
정작 아무것도 태울 수는 없구나

다만 남긴다
너의 파괴적인 배설물이 눌어붙은 버드나무에
한 줄기 생똥

개소주/강아지

햇살이 개 팔자로 늘어져 툇마루에서 뻗는구나
좀먹은 기둥에선 살아 있는 것들이 죽어 있고
죽어 있는 사람 살아 있는 개소주를 마신다

개는 여름과 성교를 한다
개의 숨소리는 여름의 알몸 위에 땀을 흘린다

　아니 요것이 멋이다냐
　개소주 아니여
　저 비쩍 마른 놈이 미친 것 아니여
　개보러 개소주를 묵어라고
　에라 이 사람 괴기 처먹을 사람 같은 개괴기 처먹을
개 같은 사람 놈아
　나의 단식투쟁 땜시 고로코롬 배가 아팠더냐
　그리도 개소주가 아깝더냐
　개헌티 개소주를 처믹이다니
　날 살찌워서 개소주 해 묵겄다는 창아리 아니고 멋
이여
　아니믄 뿌담시 그랬다믄 고것이 먼놈의 심통인 것이

여 시방

　고런께롱 고렇게 광대뼈가 톡 튀어나와 갖고 복 없
게 생긴 것 아니겄냐

　에라 이놈아 쌍판때기 핑 치워

　내가 전생에 개 같은 짓만 허다가 개가 되었드만

　개가 되어 보는 시상도 드르게 재미있구망이

　참말로 개 같은 놈 또 보겄구만잉

　너나 많이 처묵어라 이 빌어묵을 놈아

　저 잔뜩 근심에 가득 찬 녀석

　차라리 개 팔자가 상팔자다

　에라 오늘부터 단식 끝이다

　자 암것이나 암직케나 줘 봐라 다 처묵어 불팅께

　괴기면 괴기 풀이면 풀 쌀이면 쌀 떡이면 떡(찰떡은
빼고)

　소화가 무지무지 잘된다는

　그래서 개괴기를 묵고는 탈이 나는 뱁이 아니람서

　디엔에인가 먼가 허는 것이 사람허고 비싯허담시롱

그란게 몸에 존 것이겄제잉

　　고렇다면 개새끼인 나도 이 개괴기를 묵고 이 개괴

　기 디엔에이를 묵고

　　와따 심 한 번 써야 헐 것인디

여름이 죽은 날

어젯밤에는 별이더니 오늘은 빗방울이다

어젯밤에는 하나더니 오늘은 수도 없구나

초상집의 아랫목은 너무 뜨겁다

아랫목만 여름이다 개여

여름에는 혓바닥이 개 팔자더니

초상집에서는 코가 상팔자로다

초상 날 할머니가 슬피 웃는다

아이고 내 강아지야

까마귀와 나

까마귀와 나
더러운 저수지에서 낚시질하다

나, 낚싯대를 드리우고 앉아 있으면
까마귀, 물에 뜬 썩어 가는 물고기를 낚아챈다

까마귀는 왜 썩은 것들을 좋아할까
썩은 것들도 아픔을 느낄까

나, 더러운 저수지에서 낚시질하다 죽는다
까마귀, 더러운 저수지에서 낚시질해서 먹고사는

까마귀는 낚시질할 필요가 없어진다
내 몸은 서서히 까마귀가 되어 간다

생각해 본다 썩은 나는
아픔을 느꼈던가
더러운 저수지만 더욱 더러워진다

까마귀만이 낚시질을 한다
나는 어디에도 없다

나를 먹은 건 까마귀가 아니었을까
연못 속에서 시간이 구름 사이로 흘러간다

가방

버스 안에서
가방은 부비 트랩이다
모르는 사람이 들었다간 폭발한다

　　아니 이 사람
　　가방을 받아 주겠다니
　　혹시 자네 간첩 아닌가

가방에는 책이 들었어
꼭 읽어야 하는 무시무시한 권력을 가진 책
읽지 않으면 생존권을 앗아 가는 책
읽을 수밖에 없는 책
저절로 읽어지는 책
읽어도 무슨 말인지 알 수 없는 책
무슨 말인지 몰라도 재밌는 책
재미없어도 술술 읽히는 책
무엇이든지 만들어 주는 책
무엇이든지 만들어 주었다가 빼앗아 가 버리는 책
읽으면 펑 하고 터져 버리는

읽어서는 안 되는 책이 펑 하고 터져 버리는

　　가방을 맡기시겠다고?
　　아니 이런 테러리스트!

버스 안에서
가방은
맡기지도 말고 들어 주지도 말자

잘린 지하여장군

23일 오전 8시께 서울 동작구 노량진2동 310-151번지 장승백이 네거리 동작 도서관 앞 화단에 세워져 있던 장승 한 쌍 가운데 지하여장군 장승의 밑동이 잘린 채 발견돼 경찰이 수사에 나섰다.

경찰에 따르면 높이 250cm, 지름 25cm의 이 장승이 지상 10cm 부분에서 전기톱에 잘려 쓰러져 있었다는 것이다. 이 장승은 1991년 10월 세워질 당시부터 일부 종교 단체들의 거센 반발을 받았고, 같은 해 11월 불에 그을리는 소동이 빚어지기도 했다.

—《한겨레신문》 1994년 2월 24일

이상하다
장승이 우뚝 서 있을 땐 내게 아무런 영검도 발휘하지 않았는데
이상하다 쓰러진 나무토막 내 가슴에 장작불을 지핀다
지핀다 이상하다
우뚝 서 있던 장군 좆도 앙꼿도 아니었는디
아니었는디 너도 여자였드냐
쓰러져 밑둥치 허옇게 드러낸 것 봉께로 워메
요고슨 분맹히 변태여 변태
야 천하대장군 얌마 너 이 의리 읎는 새끼야

42

네 마누라가 능욕을 당허는디 대장부 치면에 좆을 문디
두 유분수제

누구의 소행일까 혹시 하느님이 노하셨을까

하느님이 강간을 위메 내가 워치케 요런 반체제적인 맴
을 묵어분다냐

지엄허신 하느님이 위메 여자가 옰어가꼬 요 나무때기를
겁탈허겄냐

아이리스 볼링장*에서 와자작 해골이 깨진다

* 노량진에 있는 볼링장.

늙은 집의 잠

화살표는 길이요 진리요 생명이다

화살표만 따라가면 무사할 줄 알았더니
화살표가 심장을 찔렀다
심장의 마당에는 늙은 집이 죽어 가고 있다

쥐와 함께 살던 늙은 집의 시절
내 마음에는 쥐가 알을 까던 것이었던 것이었다
그토록 잘 꾸며진 무대도 드물 것이다
무대는 무대라는 생각도 갖지 않게 해야 한다
무대는 천장에 있었다
보이지 않는 무대를 우리는
소리로만 구경했다 쥐의 올림픽은 그렇게
늙은 집의 천장을 뒤흔들었지만

쑥 뱀딸기 물결 소리 밤꽃 냄새 감꽃이 톡톡 떨어지고
나무 그림자에 평상이 누워서 잠을 자네 매미는 우는데 얼
룩진 신문지에 쌓인 배 쥐가 갉아먹는데 석류는 모르는 척
입을 다물고 이들을 보호하고 감시하는 돌담 사이에 낀 굴

뚝새의 휘파람

　그 집의 풍경은 겉으로는 늘 낭만적이었지만
　쥐와 함께 살던 늙은 집의 시절
　쥐약 먹은 개가 눈깔을 뒤집던 밤의 시궁창
　쥐약은 죽어도 먹지 않는 쥐들의 아우성
　과거는 지워져도 그 소리는 남으리

　쥐가 천정(天井)에서 툭 떨어졌다
　쥐는 오줌을 찍 갈겼다
　천장은 쥐가 싼 똥오줌과 땀으로
　늘 흥건했다 그 땀의 결실로
　한쪽 구석에는 밤껍질이 수북했다

　화살표를 찾는 밤껍질이
　쥐와 함께 지독한 대화를 나누던 시절
　고작 쥐의 발톱이 무서워

　밤송이의 화살을 머리맡에 두던 시절

늙은 집의 잠으로 쥐벼룩이 기어가던 시절
그리워서는 안 될, 그리운 내 마음
내 마음을 발기려
화살표 찾아 가출했을 때

화살은 화살표를 잃고
한강 다리가 부러졌다

그토록 잘 꾸며진 무대는 다시 없을 것이다
더러는 오줌을 쌌을 정도로
무대는 쥐천장에 갇혀 보이지 않았다
길조차 길을 잃어버렸다

오직 화살표만이 길이요 진리요 생명인데

화살표가 가리키는 방향으로 서울로 온 사람들
그들은 거름이 되지 않는데
그 누가 거름되어
늙은 집에는 이제 풀이 무성할까

그래도 화살표는 건재하리라
늙은 집의 심장을 파먹으며

파먹히며
이상하게도 늙은 집에는
풀이 무성하외다

울어라 개구리야

밤이 검게 익을 무렵
사격장엔 개구리 노래 한창이었네
구슬픈 노래를 운명처럼 부르는 그들
개구리 옷을 입은 우리도 운명처럼
총소리를 콩 볶았네

내가 아는 개구리들은
약간의 소음에도 노래를 그쳤었네
사격장의 개구리들은 그러나
무시무시한 총소리에도 아랑곳하지 않았네
총소리가 일제히 지천을 흔들어도
그들의 노래는 숙명처럼
밤하늘 무수한 별을 창조했네

오줌을 누려고
개구리 노랫소리 파장을 일으키는 곳으로
갔네 이상한 일이었네 노래 뚝
총보다도 내 발자국 내 오줌이 무서운 것일까
괜찮다 개구리들아 울어라 개구리야

이 순간이 지나면

1

이 순간이 지나면 이 순간은 순간도 아니다

2

개구리는 관념적으로 울지 않는다
관념적으로 노래하지도 지껄이지도 않는다
나 여기 있다 그들은 실천적으로 운다
노래하다가 지껄이다가
가까이 다가가면 개구리 없다
실천적으로 부재를 증명한다
돌아서면, 어느새 개구리 있다

3

없다. 늙은 은사시 고목만이 해골을 드러낸 채 누워 있
을 뿐. 아무도
없다. 예비군개구리 소리 없이 사라지고. 희미한
곤충들 서성이다 흩어지고. 반합만이. 반합을 씻는 내
손만이. 반합에서 분리되는
음식 찌꺼기만이. 우리들의 여름을 장식하고.

있다. 가물었던 흔적. 역력히 보이는 푸른 하늘에
물을 담가 손을 씻어도. 없다. 몇 포기 더덕 줄기 뿌리를
잃고는. 뿌리 없는 것들만이
없는 채로. 있다. 내가. 내 조상들이
수없이 피 흘린 자국들이. 없는 채로. 갈라져
갈대 이파리로
입술이 붉게 터. 아
우리들의 여름을 장식하고는. 없다.

4
시간을 지켜보면 시간은 거리가 된다
시간을 지켜보지 않아도 시간은 이미 거리이다

바다를 먹는 아침

아침인데, 바다인데,
아침이 없다. 바다가 없다.

안개 속에 분명 바다는 있다.
아무도 바다를 잡아먹을 수 없다. 바다를 잡아먹을 수 있는 놈은 오직 바다밖에 없다.
바다는 자기가 자기를 먹고 자기가 자기를 키우고 자기가 자기를 매장시키고 자기가 자기를 소생시키고 자기가 자기를 상처 주고,
바다는 자기를 상처 주지 사람을 상처 주지 않는다. 바다에게 상처 입은 사람은 상처 입은 사람이 아니다. 상처 입은 바다다.

안개 속에 분명 아침이 있다.
아침은 잡아먹힌 채로도 아침이며, 아침을 잡아먹는 것은 잡아먹는 순간 아침이 된다. 안개가 아침을 잡아먹었다면 안개는 이미 아침이다.
안개에게 잡아먹힘으로써 스스로에게 잡아먹힐 수 있는 아침은 바다. 바다를 잡아먹을 수 있는 것은 오직 바다이

므로 아침을 잡아먹을 수 있는 안개는 바다.

아침인데, 바다인데,
바다가 없다. 아침이 없다.

첫사랑

첫사랑이라고?
웃기지 마라.

꽃들은 순 나쁜 연놈들이다.
부모의 몸에 빨대를 찌르고
똥을 고려장시킨,
하늘과 연애하는 꽃들은
순 호로자식들이다.
존속살해죄로
똥이 될 것이다.

첫사랑이라고?
처음이라고 생각하는 순간 처음이 구름 떼처럼 몰려와
똥을 팍

똥 냄새가 나는 꽃만이 용서받으리.
이미 벌 받았으므로.

3

날아가지 않는 시

저 먼 허공으로부터 이 가까운 허공으로 날아온,

저 가까운 허공으로부터 이 먼 허공으로 날아온,

이 먼 허공으로부터 저 가까운 허공으로 날아갔으나

이 가까운 허공으로 되돌아온,

이 가까운 허공으로부터 저 먼 허공으로 날아갔으나

이 먼 허공으로 되돌아온,

날아갈수록 날아가지 않는 허공으로 날아가는,

날아가지 않아도 이미 날아가 버린 허공으로 날아가지 않는,

둘기*들의 서울 1

아 저기
자기 살점을 쪼아 먹는 현자들이 있다

저 봉지 썩을 수 없는 살갗 속에서
참을 수 없이 귀여운 꼬마들이 살점을 죽 찢어 내어
하늘에 뿌리면
어김없이 땅 위에 쏟아지는

아 저기
자기 살점을 쪼아 먹고 힘을 얻어
하늘로 차오르는 현자들이 있다

저 꼬마들
엄마에게서 자기 살점 뜯어내어
하늘에 뿌리면
어김없이 땅 위에 쏟아지는

아 저기
자기 살점을 쪼아 먹기 위해

젖은 땅에 발자국을 남기는 현자들이여

아무도 배우지 않기에
아무도 가르치지 않는구나
슬프게도

내 살점이나 다오 내 살점이나 다오
울음만 하늘에 흩뿌려
어김없이 땅 위에 쏟아 놓으며

아 저기
하늘로 차오르는 현자들
어김없이 땅바닥에 쏟아지네

* 비둘기의 애칭, 혹은…….

둘기들의 서울 2

—사실은 누에고치였네

멀리서 보고 누에고친 줄 알았네

다 떨어진 솜이불을 둘둘 말고 잠든
두 발이 삐져나와 사람이었네

사람이라 생각하는 사람 없을지라
사육신묘 앞

변온동물이라 겨울잠을 자는구나
콘크리트 바닥 위

사람이라 생각하는 사람 없을까봐
두 발이 삐져나와 사람이었네

둘기들의 서울 3

흑석동 비탈을 오르는 할머니의 얼굴에
저승 꽃이 피었네
바람이 불 때마다 꽃잎이 바르르 떨어
낙화 직전, 지팡이를 힘겹게 따 우헤 받치자
외다리로 걸어 오던 둘기 한 마리
푸드득 날아오르네
낙화 직전, 꽃잎만 그저 바르르 떠네
비탈은 바야흐로 주르르 내려가네

둘기들의 서울 4

1

아 여기
돈 먹고 사는 수행자들에게 경배할지니
미아리 텍사스

재미란 대저 무엇인가
언제부턴가 우리들은 아름다움을 찾지 않고 재미를 찾
게 되었다
아름다움이 무엇인지 알기도 전에 아름다움을 버렸고
재미가 무엇인지 알기도 전에 재미를 알아 버렸다
재미란 참 이상하다 가장 두려워하는 일을 해 버리는 것
상상으로만 가능했던 모든 음탕한 행위들을
바라보는 것 실행하는 것
상상으로만 가능했던 모든 폭력 행위를
구경하는 것 실천하는 것
아 그것은 풀이 듬성듬성 자란 무덤을 바라보는 것
무덤 밑의 부드럽고 축축한 고깃덩이를 바라보는 것
부드러운 것이 강하다는 것을 몸으로 보여 주는 저 생
철학자들

그들의 알몸을 바라보는 것

몸에 무덤을 달고 다니는 사람들을 사랑한다
무덤 속의 부드러움을 부드러움이 부리는 묘기를
부드러움의 입술은 담배를 피우고
부드러움의 굴뚝은 연기를 내뿜고
부드러움의 화살은 풍선을 터뜨리고
부드러움의 손가락은 붓글씨를 쓰고
부드러움의 이빨은 맥주병을 따고
부드러움의 칼날은 오이를 썰고
부드러움의 자궁은 달걀을 낳고……
그리고 또 사랑한다 무덤이 촉촉하게 흘리는 눈물
모든 묘기는 눈물샘을 자극한다

아가씨 뭘 먹고 살기에 그런 묘기를 부릴 수 있죠?
돈 먹고 살아요

2
나의 눈은 그 여자의 몸에 달라붙어

그 여자의 몸이 된다
인간의 한계를 뛰어넘은 그 여자의 몸으로도
어리석은 나는 아무것도 깨닫지 못한다
월급의 절반을 그 여자의 몸에 붙여 주고
나의 눈을 돌려받을 때 나는 다시
익명의 삼인칭 되어 집으로 돌아온다
그리고 아무 일도 없었다
늘 꿈꿀 뿐
돈을 벌지 않고 먹어 버리는 수도자들의 재미
재미를 배우러
출가하는 것

그 수도원에 가고 싶습니다

둘기들의 서울 5

열심히 면도하면 수염이 없어질 수 있을까

무악재 턱주가리에
포클레인 같은 면도기
듬성듬성 난 수염들을 밀고 있더군
아 근디 글씨
그 하잘것없는 수염들이 글씨
날카로운 면도날 앞에서
떡 버티고 서 있드라니께 글씨

죽을 수는 있어도 물러설 수는 없다*

그래봤자 그 수염들
불도저 앞에 자갈이지
잘 충전된 면도기들 전진을 계속하더군
근디 말여 면도기가 가는 곳

* 이제는 이미지로만 남아 있는 그 집, 그 플래카드. 그것들은 재개발되었지
만 이미지만은 끝내 재개발될 수 없다, 슬프게도.

수염만 깎이는 것 아니드랑께 글씨
수염이 뿌리를 내린 살 속 깊숙이
피가 부석부석 쏟아지더군

수염의 뿌리까지 잘라 버리면 수염이 없어질 수 있을까

둘기들의 서울 6

어디선가 금속성 노래가 구구구 들려온다
육교 위 두 다리가 잘린 둘기 한 마리
다리를 잘라 시험에 빠뜨린 주님을 찬송한다
지구상에 중력이 있다는 사실이 때로 슬프다
중력이 없다면
없는 다리에 고무 바지를 입지 않아도 될 것을
기어가기 위해 손에 신발을 신지 않아도 될 것을
중력을 견디기 위해 둘기는 중금속을 먹는다
그러기에 그의 노래는 공기보다 무거워
하늘로 오르지 못하고 땅속에 박힌다
하늘에 계신 주님의 은혜 받지 못하는 이유
알려 주고 싶지만
그는 충고도 금속성으로만 듣는다
그는 이미 중금속 중독자다
모든 둘기들은 이미 중금속 중독자다
아니 중금속 결핍자다
중금속이 조금 넉넉한 둘기들은
중금속을 애원하는 그의 노래에
일용할 중금속
약간씩을 던져 준다

둘기들의 서울 7
— 토큰

한 사람이 구녁 속으로 들어가는 아침
또 한 사람이 구녁을 밀고 구녁 속으로
수많은 사람이 한 명씩 한꺼번에 구녁 속으로 들어가는
아침

호주머니에 손을 넣으면 만져지는 구녁
구녁을 안심하며 구녁 속으로 들어가는 아침
수많은 구녁이 퐁퐁 떨어지며 구녁 속으로 추락하는 아침

조그만 구녁도 남김없이 밀려드는 사람들
사람들 속으로 퉁퉁 떨어지는 구녁들
수많은 구녁이 한꺼번에 사람 속에서 반죽되는 아침

저녁

둘기들의 서울 8
—좌석 버스

사람들은 눈을 감고 출근을 하는구나
눈을 감고도
가야 할 곳이 어디인가를 아는구나

둘기들의 서울 9

비둘기는 평화의 상징이다

이 말이 맞지 않다고 생각하는 사람들은
둘기들에게 맞아 죽어야 한다

보이는가
비둘기처럼 다정한 사람들의 거리거리
평화로이 잠든 둘기들의 시체

다리가 부러진 평화
창자가 나온 평화
아스팔트에 척 달라붙어
아스팔트가 된 평화
차가 지나갈 때마다
아름답게 피 튀기는 평화

비둘기는 이 모든 평화의 상징이다

이 말이 맞다고 생각하는 둘기들은

사람들에게 평화로이
맞아 죽을 것이다

모델

그러나 아름다움이여 아름다움이란 이름이여
우리는 모두 그대가 되고 싶어
눈깔들이 유리 벽 속에 박힌다

그녀의 배꼽에서 연기가 꽃처럼 피어오른다
우리들의 배꼼이 뻐끔담배를 피운다

유리 속에서 마네킹이 걸어 나와
우리의 옷을 벗겨 준다 벗긴다 벗긴다
벗길수록 옷은 두꺼워지고
옷 속에서 바람이 술렁거린다

그녀는 사랑이라는 탤런트다
그녀가 브라운관에서 툭 튀어나와 진흙탕 속으로
풍덩 빠진다 아 장관이여 풍덩풍덩풍덩 몽땅 빠지는
몽당연필들 따라 하다 심이 또 부러진다
부러진 심이 진흙 마사지를 한다

도깨비방망이에 홀린 도깨비들이

장엄하게 날아다닌다 시계는 뻐꾸기가 되어
도깨비들을 깨운다 도깨비들이
도깨비방망이들을 쓰레기차에 태운다

아 황홀한 쓰레기차여
스타라는 이름의 영화배우여

그대가 되고 싶어 우리는 쓰레기차에 합승한다
눈깔들이 굴러간다 눈깔들이 터진다
터지면서 그대가 되는, 아 오묘한 도깨비방망이

빌어먹을 추억으로의 지하철

*

지하에 묻힌 친구는 행복할까

*

햇살에 알레르기 반응을 일으키던 친구가 있었다

시골 중학교 운동장
부동자세의 소년이 픽 쓰러졌다
모두가 술렁거렸지만
얼굴에 묻은 거품을 닦으니
깨끗해졌다

뭐 하나님의 은총은 따가운 햇살과도 같은 것?

*

노인, 가방의 지퍼를 연다

주위를 한번 둘러보던 노인, 가방에서 바나나를 꺼낸다
천천히, 아주 천천히, 껍질이 빠르게 벗겨진다
바나나의 속살이 모습을 보이면서 노인의 낮은 목소리가
서서히 껍질을 벗어던진다

　　글쎄 이 바나나가 농약투성이라니까 하는 말인데요
　　우리들 같은 늙은이들은 말입니다
　　이 농약투성이(목소리가 점점 높아진다)를 먹고
　　싸게 저세상으로 가 버려야 하지요
　　인구정책 따로 할 필요가 없어요
　　산아제한 공들여서 할 필요 무에 있습니까
　　우리들 같은 늙은이들이 싸게 사라져 버리면 됩니다
　　젊은이들! 낳고 싶으면 마음대로 낳으세요
　　어차피 세상은 젊고 팔팔한 젊은이들에 의해 굴러
　　가는 것 아니겠어요
　　그렇지 않소 젊은이!

젊은이는 눈을 감고 있다
어디선가 본 듯한 얼굴

젊은이의 얼굴은 팽팽했지만
어디선가 본 듯한 얼굴
눈꺼풀만은 노인의 그것보다 늙었다
어디선가 본 듯한 아
눈꺼풀 속에서 눈동자가 움직인다
뜨거운 햇살 세례를 받았던
눈동자가 눈깔사탕을 오무락거린다
나와 깨벗고 목욕했던 친구 아 그 얼굴

갑자기 노인이 소리친다
그는 순식간에 전라도 노인이 되어 있다

　안 그러냐 이 젊은 늙은 놈아
　산아제한 헐 필요 없당께 먼 굉상이여 굉상이
　네가 젊다고 생각허믄 큰 오산이여 이 늙은 젊은 놈아

젊은이는 눈깔사탕을 눈꺼풀로 오무락거린다
뱀눈을 뜨고 노인을 슬쩍 쳐다보다 얼른 눈을 감는다
기지개를 켜듯이 발을 쭉 뻗는다

마하반야바라밀다심경 관자재보살 윽
염불하던 눈뜬 장님, 그 발에 걸려 넘어진다
깡통 속에 들어 있던 동전들이 사방으로 흩어진다
장님, 일어선다, 일어서면서 노래한다
내게 강 같은 평화 내게 강 같은 평화
넘치네 할렐루야

할렐루야
머리가 반쯤 벗겨진 중년 신사 등장한다
예수님의 사랑은 오늘같이 차가운 날
따사로운 햇살과도 같은 것입니다

아 내 친구, 갑자기 픽 쓰러지더니
마른 북어처럼 기지개를 두들겨 팬다
노인, 동전을 주우려고 사방을 기어다닌다
바나나는 그의 오른손을 떠나지 않는다
내 친구, 거품을 물고 버둥거린다
노인, 바나나를 한입 베어 먹는다
장님, 사라진다

내 친구, 버둥거림을 멈춘다

노인, 주위를 샥 둘러보더니 다시 한입을 베어 먹으려다 만다

내 친구, 아무 일도 없었다는 듯 일어서서 자리에 앉는다

노인, 근엄한 목소리로

　나도 과거에 군대 갔다 왔으니까 하는 말입니다

　사람이란 것은 죽을 각오를 해야 오히려 살아남는 법입니다

　이 바나나가 농약투성이라고 안 먹는 사람들이 사실 더 빨리 죽지요

　나도 과거에 군대 갔다 왔으니까 하는 말입니다

　쏟아지는 포탄 속에서 살아남으려고 뒤꽁무니 빼는 사람한테는

　뒤에서 총알이 휘이이이이잉 날아와 가지고

　뒤통수를 사정없이 갈기곤 하지요

　할렐루야

*

겨울에는 나무를 보면 추워져요
와들와들 떠는 나무를 보면 추워져요
나보다 더 추위를 타는 나무를 보면 내 몸은 더 떨려요

그 지겹던 따가운 햇살이 외려 그리워질 때
문득 생각나는 친구

*

추위를 샥 둘러보더니 노인이 막 뛰쳐나간다
문이 얼른 닫힌다

뭐 햇살은 눈부신 은총이라고?

*

거품을 물던 친구는 자퇴를 했다

이제야 그 친구, 이미 오래전 세상을 떠났었다는 사실이
생각난다

다시는 햇빛 볼 수 없으리

아 그는 이제 행복할까

곰팡이는 죽어도 죽지 않는다
— 그들의 지하 신림동

지하실의 선풍기는 곰팡이를 씨 뿌린다. 곰팡이는 바람의 자궁에서 태어나는 기형아다. 젊은 바람이 곰팡이를 키우고, 곰팡이가 늙은 바람을 일으켜 세운다. 서로를 뜯어먹는다.

쌀밥을 먹는다. 늙은 부모가 보내 준 희디흰 머리카락이 그들의 목구멍을 잘도 통과한다. 목구멍에 기생하던 곰팡이가 머리카락에 밀려 창자 속으로 들어간다. 곰팡이를 배설한다.

여보, 밤 좀 널어 둬요. 밤이 축축해서 잠을 잘 수가 있어야지. 축축한 밤, 낮 동안에 널어 두면 꼬들꼬들한 밤을 잘 수 있을까? 일광욕을 즐긴 곰팡이들이 상쾌한 기분으로 성교를 한다. 서로를 뜯어먹는다.

가시만 남은 낙서가 흘러내리며 누런 벽지에서 한 세계가 열리고 있다. 먹구름이 방바닥을 기어간다. 아이들에게 깔려 죽는다. 깔려 죽은 채로 아이들을 뜯어먹는다. 아기 잘도 잔다.

둘기가 둘기에게

쪼아 먹어라
겨울에 피는 꽃을
쪼아 먹어라 겨울에 피는 개나리
그들이 뭐 피고자 피었겠느냐
우리가 나고 싶어 난 것 아니듯이
그들은 그들도 모르는 운명의 장난에 휘말려
순식간에 태어나 순식간에 늙어 간다
짧은 순간에 맞는 희노애락이여
그들의 뇌성마비 앞에 카메라를 들이대는
타성에 젖은 갈색 눈동자여
둘기들아 제발 겨울에는 꽃을 쪼아 먹어라
그 슬픈
찰나의 육도윤회를

4

겉늙은 시

내 시의 파수꾼은 '겉늙음'이다.
겉늙음은 유치함을 극복할 수 있는 유일한 무기였다.
유치함을 벗어던지려 노력할수록 겉늙음은 나의 갑옷이 되었다.
그러나 유치함을 보듬고 보니 겉늙음은 이제 갑옷이 아니다.
이상이 나의 겉늙음을 빨랫줄에 넌 이유이다.
이제는 늙어야 한다. 겉늙음은 거짓 늙음이다.
늙을 수 있는 한 최대한으로 늙어야 한다.
겉늙음을 벗어던질 때 나의 시는 깨달음을 얻을 것이다.
진정으로 늙을 수 있게 될 것이다.
늙음으로 유치함을 보듬어야만 유치함은 죽음으로 아름다워진다.

알탕

목탁이

목탁을 낳고

목탁이 낳은 목탁이

목탁을 낳는 목탁을 낳고

목탁이 낳은 목탁이 낳은 목탁이

목탁을 낳는 목탁을 낳는 목탁을 낳고

목탁이 낳은 목탁이 낳은 목탁이 낳은 목탁이……낳은
목탁이

목탁을 낳는 목탁을 낳는 목탁을 낳는 목탁을……낳는
목탁을 낳고

목탁 목탁 목탁 목탁……목탁들

모감주 모감주 모감주 모감주……모감주나무*와 교합하여

출렁이는 양수의 파도를 만들었겠다

파도의 신음 소리 수억 겁을 흘러

마침내 목탁 목탁 목탁 목탁……목탁들 깨뜨리다

양수는 폭포처럼 쏟아지다

염주여염주여염주여염주여염주여염주여염주여염주여염주여염

주여염주여……

　기침만 해도 울던 목탁이여 어인 일인가
　소리를 찢어발긴 낙태 수술에 소리가 없다니
　수억 겁이 걸렸건만 소리의 태아들이여 왜 구슬만 굴리누
　구슬이여 수많은 부처의 목구멍 속으로 쏟아져서
　무수한 비꽃으로 소리를 낼지어다 연등 연등
　여연등 희미한

　식당에서 아 목탁이여
　더 이상 울 수 없는 목탁이여
　제 아기들 소리도 없이
　부처에게로 이식하다니
　너무 많이 알기에 아무것도 모르는 부처들
　그냥 집으로 돌아가다

　넋두리
　다시 태어난다면 무생물로 태어나고 싶다. 이 말은 엄청난

욕망일지도 모른다. 인간은, 아니 모든 생명체, 그중에서도 해탈하지 못한 모든 동물이 윤회의 수레바퀴에서 벗어날 수 없다면, 무생물이 된다는 것은 해탈의 다른 이름이 아닌가. 또 하나의 의문이 윤회하여 탄생한다. 시체는 생물이 아닐진대, 무생물일진대, 인간은 죽어서 모두가 무생물이 되는 것이 아닌가? 아니다. 인간의 육체만이 죽어서 무생물이 된다. 혼백은 윤회해도 육체는 해탈하여 무생물이 되는 것이다. 뭐라고? 시체에는 무수한 생명체가 기생하고 있다고? 그것도 시체의 일부라고? 결국엔 시체의 전부라고? 나 지금 알탕을 먹고 있다. 알탕 속의 알은 알의 시체인가? 그렇다면, 알탕, 혹은 알탕 속의 알에 기생하는 인간이라는 생명체, 나, 이미 알탕의 일부, 결국 알탕의 전부여라?

* 사원이나 묘지에 심거나 정원수로도 사용함. 종자는 염주를 만드는 데 쓴다.

목탁 1

여기는 심해
모든 살아 있는 것들이 귀머거리가 되는 곳
귀머거리인지도 모르고 살아가는 귀머거리들이
귀를 쫑긋거리고 사는 곳
소리만을 탐하다 귀가 입이 된 생물들
입을 쫑긋거리며 사는 벙어리들이여
너희들이 그토록 탐했던 소리는
수많은 생명을 살릴 수 있는 것이었느니
여태껏 소리를 과식했으므로
소리를 배설하라 그래 그렇게
뻐끔거리는 입에서
소리가 방울져 올라온다
소리를 먹으면서 바다 속 새들이여
노래하라 너희들의 노래는
하늘의 거품들 쪼아 먹으리
거품들 구름이 되어
높은 바다의 먹이가 되리

목탁 2

몇억 광년의 세월을 흘러 별빛이
마음속으로 들어온다
보이지 않는 속도는 보이지 않는 소리이다

날아가라 어서 목탁 소리여
이 목탁 닳고 닳아 먼지가 되면
돌아오리 보이지 않는 속도로
보이지 않는 길을 만들며

아득한 광년의 거리 너머
빠른 속도로 천천히 떨어지는 목탁 소리
별은 먼지이므로
눈에 들어가 눈물 흘려보낸다
보이지 않는 소리를 보여 준다

목탁 3

내게 목숨을 바치겠다는 사람이 있었다
그는 죽어서 물고기가 되었다
오징어 같은 낙지 같은 문어 같은
이 세상 사람들은 아무도 보지 못한 물고기
깊고 깊은 바다 속 사람들 아무도 가지 않은 곳
죽은 시체만이 도달할 수 있는
죽은 시체도 머무를 수는 없는 곳
수천 년 묵은 보석들과 함께
바다 속만이 자신의 논밭인 것처럼
심연의 해초를 키우며 살아가는
심연의 해초를 잡아먹는 울음이여
자꾸만 물방울로 솟아오른다
모든 죽어 가는 소리들이
살아나는 순간이다

목탁 4

그가 나를 죽였다
나를 죽이고선 새가 되었다
한번도 날아 본 적이 없는 새
사람들은 그러나 그가 늘 날아다닌다고 생각한다
때론 그를 하느님이라 부른다
그는 사실 날아다닌다
날아다닌다는 것은
움직임에 불과한 것이지만
그를 하느님이라 불러 보라
그는 소리를 찢어서 당신의 입속에 넣어 줄 것이다
그 소리 먹으면 뱃속에 푸른 별이 뜰 것이다

별들 사이로 강물이 흐르고 물고기가 날아다닌다
물고기를 잡아먹으면 새가 된다

목탁 5

그래 서로 죽이면서 크는 거지 뭐 살아 있는 것들이란
그가 지금 내 배를 깔고 누워
물에 증발하고 있다
그래 서로 죽이면서 크는 거지 뭐 살아 있는 것들이란
나는 그를 위해 목탁을 쳐 준다
바다 속에서 치는 목탁 소리는
물방울이 되어 솟아오른다
파도가 된다
파도는 소리를 잡아먹으며 높이 바위를 죽인다
그래 서로 죽이면서 죽는 거지 뭐 살아 있는 것들이란

목탁 6

무를 먹지 않고 놔 뒀더니
무에서 순이 자란다
무는 동물만 먹는 줄 알았는데
공기도 먹는 것이다

무 속에서 시간이 자라 오른다
시간을 잘라 김치를 담근다
시간이 뱃속에서 소비되어
다시 시간을 배출한다

시간을 공기가 먹는다
공기는 여러 가지로 포식한다
무를 먹지 않고 놔 뒀더니
순은 자라고 무는 썩었다

시간은 여러 가지로 포식한다
먹는 소리에 잠을 잘 수 없다
시간은 잠까지도 먹는가
시간은 자라고 잠은 썩었다

목탁 7

어항 속에 오징어가 있다
눈이 애기 붕알 같은 오징어가
분명히 어항 속에

바다 속에 이 오징어 있을 때
이 오징어 있다고 말할 수 있는가
증명할 수 없으면 무죄다

어항 속에 눈이 애기 붕알 같은
오징어 있으므로
지금 바다 속엔 눈이 애기 붕알 같은
오징어 없다
알리바이가 확실하다

가진 거라곤 붕알밖에 없는 사내
오징어를 회 쳐 먹었다
어항 속엔 눈이 애기 붕알 같은
오징어 없다

어항 속에 그 오징어 없으므로
그 오징어 바다 속에 있을지도 모른다
알리바이가 분명치 않다

바다 속에 있을지도 모르므로
어항 속엔 없는 것인가
증거가 불충분하므로
오징어는 아무도 먹지 않았다

목탁 8

1
감자는 무덤 속에서 성교하나
고이 묻힌 무덤 속에서 왜 이리
달콤한 신음 소리 아니
고통스런 신음 소리

걱정스런 마음에 캐어 보니
죽은 부모 손 잡은 자식들

자식들 쉬 놓지 않는
살아 있는 죽은 부모

2
감자 속에서 시간이 성교하나
시간이 신음할 때마다
하늘 향해 무성한 털이 되고
땅을 향해 둥근 열매가 되네

감자의 자식인지 시간의 자식인지

털도 뽑고 열매도 땄는데

알 수 없는 신음 소리
왜 여직 시간을 보채는가

목탁 9

1

속초횟집에 자주 가면
생사를 초월할 수 있다.
삶과 죽음이 예 있어 두려운 사람
속초횟집엘 가라.
맛있다.

2

속초횟집 김 씨는 날마다
광어를 해탈시킨다.
김 씨의 칼에 산산조각이 되어도
광어는 아무 고통 없다.
고통 없다.
고통도 없다.
가장 아플 수 있는 상처가 아플 겨를이 없다.

해탈은
아프지 않은 것이 아니라
아플 겨를이 없는 것.

죽음을 초월하는 방법은
죽을 겨를이 없는 삶.
삶을 초월하는 방법은
미리 죽어 버리는 삶.
둘의 공통점은
맛있다.

3
광어는 죽어서도 숨 쉰다.
살아 있으면서 죽어 있다.
숨 쉬는 죽음이다.

죽은 것을 확인하는 방법은 세 가지.
맥박설.
호흡설.
뇌사설.

1) 맥박설에 의하면
   광어는 죽었다.

심장을 이미 도려냈으므로.
광어의 온몸에 죽음이 전달되지 않았으면
그 죽음 싱싱할 뿐.
죽음이 전달되었으면
꽤안타 배터지게 무라.
무죄다.
죽은 채로 삶을 넘어서는
아직 살고 있는 죽음
맛있다.

2) 호흡설이 다수설.
호흡이 멈추면 죽는다는 설.
접시에 오른 먹음직한 광어는 살아 있다는 설.
사람들의 입속에 매장되기 좋게 토막이 되어
산 채로 죽음을 초월하는 삶,
죽을 겨를도 없어서
살아 있다는 설.
살아 있으므로 맛있다는 설.

3) 최근에는 뇌사설이 더욱 유력한 설.
　　뇌사설에 의하면
　　미리 죽어 버리는 삶은
　　살아 있지 않으며
　　살아 있다.
　　저렇게 갈기갈기 찢겨 있으면서
　　가장 민감한 뇌가 살 수 있겠는가.
　　그러나 광어의 눈동자를 보라.
　　저 생각하는 눈빛, 저 눈빛 속에
　　뇌는 분명 생각에 잠겨 있다.
　　생각에 끔벅끔벅 살아 있다.
　　죄를 짓지 않으려면 기다려라.
　　살생이다.
　　기다리지 말라.
　　맛있다.

4
생생한 죽음보다는
생생한 삶이 비싸다.

미리 죽어 버린 생생한 삶을 먹는 것은
죄악이다.
죽음에 대한 최고의 충성이다.
죽음에 대한 최고의 깨달음이다.
죽음은 이미 죽음이 아니며
슬픔이나
그 슬픔은 이미 슬픔이 아니나
이미 더욱 큰 슬픔이며
맛있다.
아직 살고 있는 죽음보다 맛있다.

광어 회를 먹는 것
어떤 경우에도 죄악이 되는
호흡설이 가장 맛있다.

5
광어의 눈알은 투명하다.
이토록 투명한 목탁을 보기는
참으로 오랜만이다.

목탁 10

노을은 불 아닌 불
물 아닌 물
화산으로 타오르는 촉촉한 불
화산으로 타오르는 건조한 물
펄펄 끓는 미지근한 불
활활 타오르는 찬물

노을은 타오르는 물의 그림자
끓는 불의 그림자
훨훨 타오르는 물의 그림자가 배설한 불의 그림자
팔팔 끓는 불의 그림자가 배설한 물의 그림자
불의 그림자를 잡아먹고 물의 그림자를 낳은 그림자
물의 그림자를 잡아먹고 불의 그림자를 낳은 그림자

노을은
내 고향 해름판을 장식하는 저녁 종
아무런 소리도 없는 저녁 종
소리 없이 소리치는 저녁 종
아 그러나 그 저녁 종

동틀 무렵에도 동쪽 하늘 벌겋게 소리치니
해가 뜨는 건 결국
해가 지는 것

노을은 삶의 저녁이요 죽음의 아침이라
나는 노을을 사랑한다
온세상을 오묘한 색깔로 물들이고는 순식간에
싸늘하게 식어 버리는 절세가인처럼
하늘 가득 뒤덮는 거대하고도 투명한 봉새
그가 오면 나는 시간을 잊는다
시간도 나를 잊는다
시간과 나는 하염없이
언덕배기에 앉아 있다

옷자락을 만진다
훨훨 타오르고 팔팔 끓는 물에도
팔팔 타오르고 훨훨 끓는 불에도
훨훨 타오르고 팔팔 끓는 옷자락이
팔팔 타오르고 훨훨 끓는 내 몸이

아무런 상처도 입지 않는다
노을은 그림자이므로

불이면서 불이 아니고
물이면서 물이 아니므로
눈 지그시 감고 타오르는
물과 불의 잿더미 속
덜 익은 어둠일 뿐이므로
그리하여 노을은 거미줄이다
자신의 거미줄에 걸려 죽는 거미다

밤이라는 곤충이 거미줄에 걸리면
죽은 거미는 밤을 잡아먹고
밤이 된다
죽음을 잡아먹고,
죽기 전에 미리 죽어 있는
완전한 아침이다

목탁 11

붕멍치*였다.

어쩌면 그토록 못생긴 물고기를 잡아다가 어항 속에 넣을 생각을 했을까?

오전 10시쯤, 다방 문을 열자마자 밖에서 기다리기라도 했다는 듯 박 씨가 들어왔다. 그의 손에는 비닐봉지가 들려 있었는데, 그는 비밀봉지에 든 것을 어항 속에 쏟았다. 물이 쏟아졌고, 그 물의 일부분인 듯한 생명체가 함께 쏟아졌다. 붕멍치였다. 붕멍치는 눈부신 금붕어 사이를 아무 생각 없이, 아니 자세히 보면 무슨 고뇌에 잠긴 듯한 표정으로 헤엄쳐 다녔다. 알록달록한 금붕어들로 화려한 어항 속에 시커먼 붕멍치란 도대체 어울리지 않았지만, 금붕어 사이에 있음으로써 붕멍치는 더욱 붕멍치였다. 그런데 왜 박 씨는 붕멍치를 어항에 넣을 생각을 했을까. 그는 비닐봉지의 내용물이 다 쏟아지자마자 김 양을 보고 씩 웃고는 쏟아질 듯이 걸어나갔다.

그러고 보니 붕멍치는 박 씨를 무척 닮았다. 시커먼 얼굴하며, 꺼칠꺼칠한 피부, 약간 튀어나온 눈, 덩치도 꽤 큰 것이 영락없는 박 씨였다. 혹시 붕멍치는 박 씨의 분신이 아닐까. 박 씨는 처음부터 물속의 박 씨와 물 위의 박 씨로 나뉘어 있었던 것은 아닐까? 사람인 박 씨와 붕멍치인 박 씨로 나뉘어 있었던 건 아닐까? 그렇다면 박 씨는 왜 자신의 분신을 이 다방의 어항 속에 넣으려 했을까? 또 하나의 자신을 완벽하게 제어하기 위한 수단일까?

쏟아질 듯이 걸어 나갔던 박 씨는 11시가 되자 다시 쏟아질 듯이 들어왔다. 그는 붕멍치를 멍하니 바라보더니 김 양을 보고 씩 웃으면서 쏟아질 듯이 걸어 나갔다. 붕멍치는 아무 표정이 없었다. 아니 자세히 보면 박 씨에 대해 어떤 애틋한 감정을 품고 있는 것 같기도 했다.

이에 이르자 김 양은 웃기는 생각을 하게 되었다. 박 씨가 혹시 나를 좋아하는 것은 아닌가? 설마 저 늙은 총각이 내게 흑심을 품고 있는 것은 아니겠지? 그런 마음이 있다면 아무리 멍청한 녀석일지라도 시커먼 붕멍치 따위를 미끼로 던지겠는가? 그러나 붕멍치가 또 하나의 박 씨라면, 박 씨는 늘 김 양 곁에 있는 셈 아닌가? 어쨌든 붕멍치는 하루 종일 김 양 곁에 있게 될 판이었다.

또 한 시간쯤 후에 박 씨가 쏟아질 듯이 들어와서 붕멍치를 쏟아질 듯이 바라보다가 쏟아질 듯이 사라졌다. 김 양은 분명히 보았다. 그의 눈에 고이는 눈물을. 그 눈물 속에서 헤엄치는 붕멍치를.

　김 양은 붕멍치를 본다. 아무리 보아도 예쁜 데라곤 하나도 없는 물고기다. 그런 물고기를 관상용으로 사용하다니, 조금 있으면 손님들이 들이닥칠 터인데, 손님들마저 웃을 것이다. 아니나다를까, 이쑤시개를 입에 문 사내 몇 들어오더니 붕멍치를 당장 빼내라고 했다. 김 양은 "이런 고기가 있으니 금붕어가 훨씬 이뻐 보이지 않으세요?"라고 말하며 그들을 향해 눈웃음을 쳤다. 또 몇 사람이 들어왔다. 그중 우왁스럽게 생긴 사내가 "아니 매운탕에나 들어갈 고기가 어항 속에 들어가 있네. 네 분수를 알아야지" 하며 붕멍치를 잡으려고 어항 속으로 손을 집어넣었다. "안 돼요. 불쌍하잖아요" 김 양이 말렸으나 그는 막무가내, 마침내 그의 손에는 붕멍치가 들려 있었다.

　이제 붕멍치는 사내의 손 안에서 파닥거린다. 오늘 갑자기 붕멍치는 한꺼번에 참 많은 경험을 하는구나. 그러나 붕멍치가 무슨 소설을 쓰는 것도 아니고, 이런 괴로운 체험을 한들 무슨 소용이 있겠는가. "요놈 훌륭한 매운탕감인데" 그의 손은 이미 매운탕이라는 이데올로기에 종속되어 있었다. 그의 손 안에 든 붕멍치 역시 매운탕이라는 이데올로기에 종속되어 있는 셈이었다.

그때였다. 그는 나뒹굴었다. 그의 턱주가리에 억센 주먹이 한 번 쏟아지자 그는 바닥으로 쏟아졌다. 붕멍치는 매운탕이라는 이데올로기에서 겨우 빠져나와 바닥을 뒹굴었다. 붕멍치는 바닥으로 해방되었다. 붕멍치는 해방의 환희에 젖어 온 바닥을 마구 꿈틀거리며 기쁨을 표현했다. 그러나 붕멍치의 기쁨은 잠시였다. 억세고 부드러운 손에 의해 붕멍치의 기쁨은 어항 속으로 쏟아졌다. 기쁨은 설탕이나 소금과 마찬가지로 물에 녹는다. 붕멍치의 기쁨은 녹아 버리고, 붕멍치는 다방을 장식하는 금붕어의 이데올로기에 종속되었다.

박 씨였다. 왜 그토록 분노해야 했는지 알 수 없으나, 어쨌든 그는 그 억센 힘을 태어나서 처음으로 싸움하는 데 사용하였다. 넘어진 사람은 일어나지 못했다. 사람들이 몰려오고 지서에서 경찰이 왔다. 넘어진 사람은 병원으로 실려 가고 박 씨는 경찰이 끌고 갔다. 끌려 가는 박 씨는 김 양을 쳐다보고 있었다. 분명 붕멍치의 눈이었다.

붕멍치였다. 박 씨가 끌려 간 후에도 잠시 동안 붕멍치는 붕멍치였다. 그러나 해거름이 다가올 무렵, 붕멍치는 붕멍치가 아니었다. 사실상 붕멍치가 아니기 이전에 붕멍치는 붕멍치의 몸으로부터 사라지고 있었다. 붕멍치의 몸은 점점 물 위로 떠오르고 있었는데, 그것은 붕멍치가 붕멍치의 몸으로부터 빠져나가고 있다는 증거였다. 붕멍치가 붕멍치의 몸으로부터 완전하게 빠져나갈 무렵, 붕멍치의 몸은 물 위에 완전하게 떴다. 물이라는 이데올로기로부터의 해방이었다. 붕멍치의 붕멍치로부터의 해방이었다.

* 붕멍치는 어린 시절 냇가에서 자주 보았던 물고기다. 표준말로는 무엇인지 모른다. 메기나 쏘가리, 빠가사리와 비슷한데, 피부가 검고 꺼칠꺼칠하다.

시간과 자유

차창룡

우리에 갇혀 있는,
우울한 표정의 군주 같은 사자,
몰이 막대기에 이마가 째진 코끼리,
마법에 의해 무감각해진 맥 빠진 코브라,
늘 불행이 따라다니는 지친 학자,
운명에 몸을 맡긴 영웅적인 무사,
시간은 이들을 마음껏 희롱하네,
앞뒤로 흔들어 대면서,
이들이 마치 자신의 오락을 위한 장난감인 듯이.
─『판차탄트라』

시간

자유! 나는 자유를 꿈꾼다. 자유를 꿈꾸는 이유는 내게 자유가 없기 때문이다. 무엇으로부터의 자유인가? 무엇을 위한 자유인가? 분명 자유를 갈망하는 것은 사실인데, 이런 문제에 부닥치면 그 대답이 궁해진다. 어쩌면 나의 자유는 그러한 질문으로부터의 자유일지도 모른다. 자유라는 개념, 자유라는 말까지도 사라졌을 때 자유는 완성되는 것 아니겠는가. 솔직히 말하면, 나의 자유는 매우 유치한 차원의 것이다. 살고 싶을 때만 살아 있을 자유, 죽고 싶을 때 죽을 자유, 태어나고 싶지 않으면 태어나지 않을 자유, 놀고 싶을 때 놀 자유, 일하고 싶으면 언제든지 일할 자유, 쉬고 싶을 때 쉴 자유, 어디론가 떠나고 싶을 때 아무 데나 떠날 자유, 없다. 아니 아예 없는 것은 아니다. 조금 있기는 있다. 그러나 없다. 그것은 없는 자유에 기생하는 날개 잃은 자유일 뿐이므로, 내가 궁극적으로 꿈꾸는 자유가 아니다.

자유를 박탈하는 것 중에 가장 강력한 힘을 가지고 있는 것은 바로 '시간'이다. 모든 살아 있는 것, 모든 죽어 있는 것, 삶과 죽음 없는 것, 생각 있는 것이든 없는 것이든, 보이는 것이든 보이지 않는 것이든, 그 속에는 시간이 들어 있다. 아니 시간 속에 모든 살아 있거나 죽어 있거나 삶과 죽음 없는 것들이 들어 있다. 아니 살아 있다는 것, 죽는다는 것, 때로 삶과 죽음 없다는 것 자체가 바로 시간인지도 모른다. 그리하여 시간은 그 현상을 지속시키기도 하고 변화시키기도 한다. 아무도 이 시간의 율법을 거스를 수 없다.

오늘 한 일이 없어도 시간은 오늘을 마감해 준다. 할 일이 많다고 시간은 기다려 주지 않는다. 추억만을 남겨 둘 뿐, 시간은 과거를 정리하는 청소부다. 그 청소부의 눈에 걸린 쓰레기들은 모조리 보이지 않는 쓰레기 하치장으로 사라진다. 시간은 시골 촌뜨기 어린애를 쓰레기통에 넣고 비둘기같이 후줄근한 봉급쟁이를 꺼낸다. 아리따운 처녀를 쓰레기통에 집어넣고 다 늙어 빠진 노파를 끄집어낸다. 다 늙어 빠진 노인을 쓰레기통에 집어넣으면 처녀의 뱃속에서 꼬물거리는 핏덩이가 기어 나온다. 농민을 시간의 고속버스에 실으면 노동자가 태어난다.

1970년대만 해도 우리나라 인구의 약 60% 정도가 농민이었으며, 70% 정도가 농촌에서 살았다. 지금은 어떤가? 농촌의 인구는 이제 20%를 넘지 못하며, 실제 농사를 짓는 사람들은 더욱 줄어든 형편이다. 무엇이 달라졌느냐? '시간'이 흘렀다. 분명 시간이 흘렀다. 그러면 시간은 농촌 사람들을 어디로 보냈느냐? 더러는 죽이고 더러는 농촌으로부터 몰아내어 도시의 지하 방으로 보냈다.

시간은 파괴자이며 건설자이다. 시간은 농촌을 파괴하고 도시를 건설했다. 시간은 순간이며 지속이다. 농촌을 서서히 무너뜨리던 시간은 도시에 오더니 훨씬 영악해져, 도시를 순간적으로 무너뜨리고 순간적으로 부활시키는 신출귀몰한 그 솜씨 한번 기가 막히다. 산전수전 다 겪어도 도시는 아무렇지도 않게 계속적으로 도시이다. 성수대교가 무너지는 찰나, 다리를 지나던 사람들은 대부분 죽었고, 바로 전에 지나간 사람이나 다리에 도달하기 직전의 사람들은 살아 있다. 순간적으로, 죽은 사람과 살아갈 사람이 갈렸지만, 도시는 충격 속에서도 매일 잔치를 연다. 시간은 살아 있는 모든 것들을 잡아먹고 살아 있는 모든 것들을 먹여

살린다.

시간은 우리를 서로 사랑하게도 만들고 이별하게도 만든다. 한창 사랑할 때 우리는 사랑의 은인인 시간을 몰라보고 시간이 멈추어 순간이 영원하기를 바란다. 그러나 시간은 멈추지 않는다. 오히려 더 빨리 주행한다. 시간은 시간을 아까워하는 뇌 속에서 더욱 열심히 일한다. 시간은 결국 사랑을 슬픔으로 변화시킨다. 사랑에 시간이 개입하는 한 사랑이란 괴로운 것이다. 시간이 개입하지 않아도 사랑은 괴로운 것이지만, 시간은 사랑이 괴롭다는 사실을 미처 깨닫지 못한 사람에게 더욱 가혹하다. 사랑하는 얼간이들이여, 지금이라도 각성하라. 미리 이별하라!

어제의 나와 오늘의 나는 어떻게 다른가? 시간은 사람을 끊임없이 변화시키는데, 왜 나는 아직도 나인가? 변하는 내 속의 나와 변하지 않는 내 속의 나는 어떻게 다른가? 변하는 내 속의 나를 고정시키는 방법은 없는가? 변하지 않는 내 속의 나를 변화시키는 방법은 없는가? 아무리 생각해도 없다. 정말 없을까? 시간을 두고 시간을 관찰해 보자. 시간이라는 맹수를 우리 안에 가둬 놓고 지켜보자. 시간이라는 바이러스를 현미경의 대물렌즈에 올려놔 보자. 어떤 전술 전략도 시간이 없으면 가능하지 않다. 시간을 관찰하고 공격하는 데에도 시간이 없으면 안 되다니, 이런 회쳐 먹을…….

우리는 요즘 가만히 앉아서 원시시대를 맛보고, 고대를

만나고, 중세를 느낀다. 현대 과학의 발전, 특히 영상 문화의 발전은 마치 우리들이 그 시대를 직접 호흡하는 듯한 느낌을 갖게 한다. 우리는 안방에서 리모컨 하나로 로마의 목욕탕을 구경할 수 있으며, 조선시대의 왕실을 엿볼 수 있으며, 청나라의 웅장하고도 은밀한 황실을 구경할 수 있으며, 다시 현실 세계로 돌아올 수도 있다. 시간을 잡아당겼다가 이완시킬 수도 있다는 사실은 얼마나 고무적인 일인가? 머지않아 시간을 요리할 기기묘묘한 회칼이 나올 가능성도 있는 것이 아니겠는가? 그러나 우리가 시간을 요리하고 있다고 생각하는 순간에도 그 순간을 둘러싸고 시간의 수레바퀴는 굴러간다. 고대나 중세를 아무리 마음껏 구경한들, 그것은 고대나 중세라는 이름일 뿐, 고대나 중세는 아니다. 시간은 절대 되돌아가지 않는다. 역사적으로 보면 비슷한 일이 되풀이된다는 점에서, 돌고 돈다는 표현은 가능할지도 모른다. 그러나 시간이 되돌아가는 것은 아니다. 시간을 주무르려는 오늘날의 과학 기술도 결국 시간의 은총에 힘입은 것이다.

　그러나 우리의 상상력은 (어리석게도) 오히려 시간보다 훨씬 무정부주의적이다. 시간은 과거로 거스를 수 없지만 (물론 우리가 느끼는 바로는), 우리의 상상력은 종횡무진 온갖 과거와 미래 사이를 지그재그로 달린다. 특히 시는, 적어도 내게 있어서 시는 시간을 극복하는 고속버스(길이 자주 막히는 고속도로의)이다. 그러나 나의 시는 과거를 향해 줄행랑을 치거나 미래로 가는 비행기 표를 끊지 않는다. 내가 궁극적으로 추구하는 것은 시간이 아니라 자유이기 때문이다. 상상 속에서 과거나 미래를 향해 달린다 해서 자유가 쟁취되는 것이 아니기 때문이다.

내게 시간은 자유보다 중요하다. 시간을 철저하게 공격하지 않고는 자유를 손안에 넣을 수 없다. 시간을 들여다본다. 시간의 내장을, 시간의 대뇌를, 시간의 생식기를…… 그들이 어떻게 먹고살며, 어떻게 생각하며, 어떻게 번식하는지를…….

노을

노을은 시(詩)다.

불이 아니면서 불이고, 물이 아니면서 물이다. 화산으로 타오르는 촉촉한 불이다. 화산으로 타오르는 건조한 물이다. 펄펄 끓는 미지근한 불이다. 활활 타오르는 찬물이다. 노을은 그림자다. 타오르는 물의 그림자다. 끓는 불의 그림자다. 물의 그림자의 그림자다. 불의 그림자의 그림자다. 훨훨 타오르는 물의 그림자가 배설한 불의 그림자다. 팔팔 끓는 불의 그림자가 배설한 물의 그림자다. 불의 그림자를 잡아먹고 물의 그림자를 낳은 그림자다. 물의 그림자를 잡아먹고 불의 그림자를 낳은 그림자다.

노을은 내 고향의 해름판(해질 무렵)을 장식하는 저녁 종이었다. 아무런 소리도 없는 저녁 종, 그러나 온갖 소리보다 더 우렁찬 호소력을 품고 있는 저녁 종. 마지막 안간힘으로 붉은 자신의 몸을 보고 사람들이여, 이제 눈 감을 준비를 하라는 상투적인 명령을 내리는 저녁 종. 아무도 거역할 수 없는 저녁 종. 그러나 노을은 저녁에만 나타나는 것이 아니라 동틀 무렵에도 동쪽 하늘을 벌겋게 물들인다. 눈 감을 준비를 하라는 종소리의 붉은 색깔이 아침부터 우리의 그림자를 밟는다. 해가 뜨는 것은 결국 해가 지는 것이다.

해가 진다는 것은 무엇인가? 해가 서산을 넘어간다는 것은? 해가 지는 것, 해가 넘어가는 것은 실재하는 현상이 아니다. 해는 결코 서산을 넘어가지 않는다. 다만 그렇게 보일 뿐이다. 그런데도 우리는 해가 서쪽으로 지는 것을 불변의 진리로 생각한다. 아무런 의심도 하지 않는다. 심지어는 의심하는 사람을 옥에 가두기까지 한다. 어쨌든 서산을 넘어가는 해는 실제 해가 아니라 우리의 눈에 해로 보이는 환영일 뿐이다. 해는 없다. 최소한 서산으로 넘어가는 해는 없다.

나는 노을을 사랑한다. 그러면 노을은 있는가? 노을은 해가 뜨거나 질 때 수증기가 햇빛을 받아 하늘이 벌겋게 되는 현상을 일컫는다. 노을은 그럼 수증기인가? 햇빛인가? 햇빛을 받는 수증기인가? 수증기에 반사되는 햇빛인가? 도대체 노을은 무엇인가? 유령과도 같은 노을을 사랑하다니, 도대체 내가 사랑하는 노을의 정체는 무엇이냐? 노을은 없다. 해도 없는데, 햇빛이 없이는 존재할 수도 없는 노을이 있겠는가? 노을은 분명 없지만, 내가 노을을 사랑하는 것은 확실하다. 그러면 노을도 날 사랑하는가?

어린 시절, 노을은 늘 짝사랑의 대상이었다. 그 아름다운 자태, 온 세상을 오묘한 색깔로 물들이고는 순식간에 싸늘하게 식어 버리는, 하늘 가득 뒤덮고도 꼬리가 남는 거대하고도 투명한 봉새. 나는 그를 늘 짝사랑했다. 그가 마을을 찾아올 때면 나는 그의 그늘 속에 푹 잠겨 시간을 잊었다. 시간도 나를 잊었는지 아무런 재촉도 없었다. 시간을 잊는 것은 매우 위험한 일임에도(시간을 잘 지키면 그것은 얼마나 안락한 집인가.), 나는 시간을 잊고, 시간도 나를 잊고, 서로가 집에 돌아가야 한다는 사실을 잊어버리곤 했다. 그때마다 소롯한 밤길을 홀로 걸으며, 돌부리에 넘어지면서 생각했다. 그 붉고 환한 노을이 이렇게 자취도 없이 사라져 버릴 수 있다니. 노을에게 나의 사랑 같은 것은 소의 잔등을 간지럽히는 쉬파리만도 못했던 것이다. 철이 들어 생각해 보니 노을은 없다. 노을이 자취도 없이 사라져 버린 것이 아니라, 사라져 버리기 이전에 노을은 애초부터 없었다.

노을은 무지개와는 다르다. 무지개는 별 미친놈들이 가끔 잡겠다고 나서는 경우도 있지만, 노을을 잡겠다고 설치는 쓸개 빠진 아름다운 녀석은 없다. 무지개는 저 먼 하늘 귀퉁이나 연못에 내려앉은 하늘에 환상적으로 걸려서 우리를 유혹하지만, 노을은 우리 옷을 물들이고 마음을 물들이고 때로는 뱃속에까지 들어와 소화기관에서 소화되기까지 한다. 그러기에 나 또한 꿈속에서도 노을을 잡는 미친 짓거리를 해 본 적이 없다.

그렇다면 노을은 무지개 같은 신기루는 아니다. 노을은 우리가 가까이 다가가기 전에 우리의 옷자락을 만진다. 아그러나 생각해 보니 그것이 노을이란 말인가? 노을의 피부를 만져 보기라도 했느냐? 노을의 목소리를 듣기라도 했느냐? 당신의 옷 덜미를 태우는 것은 노을의 그림자에 불과한 것이다. 훨훨 타오르고 팔팔 끓는 노을의 물과 불에 노출되었으면서도 아무렇지도 않은 당신의 옷을 보라.

당연히 나는 한번도 노을을 만나 본 적이 없다. 그러나 오늘 노을과 이별을 선언했다. 있지도 않으면서 노을은 늘나의 짝사랑의 대상이었으므로, 있지도 않은 아름다운 색깔에 대한 집착의 어머니였으므로, 있지도 않은 무서운 사랑을 임신한 동정녀였으므로, 노을이 듣든 말든 일방적으로 이별을 선언해 버렸다. 이별을 선언하고 보니 이별 또한 노올이다. 불이면서 불이 아니고, 물이면서 물이 아니다. 눈 지그시 감고 타오르는 물과 불의 그림자의 그림자다.

노을은 시다. 다가가면 사라지는 이슬이다. 다가가기 전에 애초부터 없었던 이슬이다.

노을이 죽으면 밤이 온다.

죽기 전에 미리 죽어 있는 완전한 아침(이슬)이다.

별

별은 냉정하다. 별은 차가운 밤하늘의 바탕 위에서만 자신의 조그만(?) 몸을 드러낸다. 햇살이 따스한 낮에는 나타나지 않는다. 대낮처럼 밝은 대도시에서도 가능하면 얼굴을 숨긴다. 매일 밤이 되면 어김없이 나타나지만, 날씨가 찌뿌드드하거나 비가 오면 결코 나타나는 법이 없다. 몇 억 광년을 달려왔으면서도 절대로 헐떡거리지 않고 조용히 눈만 깜박거린다. 가끔 눈물을 흘리는 경우는 있지만, 소리를 내지는 않는다. 사실 엄청난 소리를 내지만, 그 소리 혼자서 다 먹는다. 소리를 먹으면 별은 아프다. 아파서 눈물을 흘린다. 그래도 별은 자기의 눈물을 보아 달라고 호소하지 않는다. 이웃 별과 어울려 나름대로 그림을 그리기도 하지만, 그들과 손을 잡지는 않는다. 서로 사랑하지도 않는다. 사랑이 없으므로 별의 세계에는 미움도 없다. 욕망도 없다. 그러나 그들은 멈춰 있지 않다. 매일 참선 중이면서도 그들은 조금씩 움직인다. 그것도 일정한 법칙을 절대 어기지 않으면서 무릎이 시리도록 차갑게 앉아서 움직인다.

별은 꿈을 꾼다. 그들의 끊임없는 깜박거림, 그 깜박거림은 꿈이다. 그 꿈을 자세히 들여다보노라면 가끔 그 꿈이 긴 꼬리를 끌고 우주의 검은 바탕으로 사라지는 것을 본다. 죽어야 할 때 저렇게 꼬리를 감추는 별의 꿈, 오늘도 얼마나 많은 별의 꿈이 죽어 가는지 모른다. 그러나 별은 결코 슬퍼하지 않는다. 그들의 눈물은 슬퍼서 흘리는 것이 아니라 아파서, 꿈을 꾸기 때문에 아파서 흘리는 것이다.

시는 별이다. 꿈꾸는 별이다. 꿈꾸기 때문에 아픈 별, 아파서 꿈꾸는 별, 그리하여 눈물 흘리는 별이다.

별은 죽은 사람들의 넋이며, 산 사람들의 희망이며, 죽은 신화들의 그림이며, 미라가 된 신화들의 시체이다. 별에는 돌아가신 아버지가 살고 있고, 어린 시절 죽은 내 짝의 영혼이 깃들어 있고, 견우와 직녀가 잠들어 있다. 별들은 칼리스토, 아르카스, 제우스, 헤라, 헤라클레스, 아르테미스 등 죽은 신들의 시체를 떠받치고 있고, 용과 외뿔 소 등 땅에서는 사라진 동물들을 보호하고 있으며, 우주에 구멍을 내고 있으며, 우주의 구멍을 메꿔 주고 있다. 그리하여 별에는 온갖 영광과 상처가 잠들어 있다. 잠든 척, 죽어 있다. 죽은 척, 잠들어 있다.

다시 보자. 별에 정말 온갖 영광이 있느냐? 도대체 어떠한 영광이냐? 뭇 시인들에게 조롱당한 영광? 뭇 신화들이 얹혀살고 있다는 영광? 온갖 상처 받은 영혼들이 우러러보았다는 영광? 밤에도 빛이 난다는 영광? 따지고 보니 별에게 영광의 의미를 부여할 근거는 거의 없네. 시인들은 별을 보고 기껏해야 추억이니 사랑이니 쓸쓸함이니 고독이니 그리움이니 동경이니 희망이니 하는 너저분한 것들을 노래했을 뿐이며, 아름다운 전설을 간직한 경우도 있으나 그 또한 헛된 욕망에 사로잡힌 인간들이 만든 것이니, 견우와 직녀처럼 늘 이별해 있어야 하는 전설만 간직하여 애처로움 더겨우니, 그리하여 쓸쓸한 밤에 상처 받은 영혼들이 별이나 보고 괴로움을 달랬을 뿐인데, 그 빛, 찬란하다 하여 그 빛 어찌 영광이라 할 수 있겠는가?

별은 상처다. 우주의 상처이고, 내 마음의 상처이고, 상처투성이 속에 스민 상처이고, 상처에 겹을 이룬 상처이고, 빛을 누는 태양의 상처이고, 저 수많은 전설들의 상처이고, 별을 바라보다 죽어 간 사람들의 상처이고, 별을 바라보고 바다를 향하는 돛단배의 상처이고, 별빛을 닮은 반딧불이의 상처이고, 별빛을 닮은 등대 불빛의 상처이고, 제 몸을 태우는 촛불의 상처이고, 별 보고 님을 기다리는 여인의 시의 상처이다. 별이 상처이기 때문에 상처를 냉정하게 냉장 보관하고 있는 밤하늘은 만다라다. 그리하여 그 상처는 더욱 깊고 그윽하여 아름답기까지 하다.

상처가 깊으면 필시 한을 품게 마련이다. 별의 한, 얼마나 깊으면 주위를 온통 새까맣게 태웠겠는가? 오죽 깊으면 차가운 땅덩이를 태워, 차가운 얼음덩이를 태워, 차가운 바위 덩이를 태워, 무량대수의 티끌을 모은 빛으로 몇 억 광년의 세월을 흘러 이 지구의 한 모퉁이까지 기어들었겠느냐?

그리하여 별은 일종의 암세포이다. 그 암세포가 별을 완전하게 지배하면 별은 어디론가 떨어진다. 그리하여 별은 아파서 끊임없이 눈물 흘린다. 아니다. 별은 눈물 흘리지 않는다. 눈물처럼 뽀얀 별의 둘레에는 꿈의 촛농이 떨어지고 있을 뿐이다. 한이 깊으면 눈물도 없다. 별은 냉정하다. 한이 깊어야 냉정해질 수 있다. 냉정하여 별은 슬픔을 이길 수 있다. 통곡하지 않아도 이길 수 있다. 냉정하게 꿈꿀 수 있다. 별의 꿈은 사실 꿈꾸지 않는 꿈이다. 한없이, 한없이 냉정한 꿈이다.

목탁

목탁은 참으로 여러 소리를 내는 이상한 동물이다.

목탁은 뻐끔거리는 물고기의 웅얼거리는 소리를 중얼거린다. 이 기이한 물고기의 소리는 귀는 물론이요 입으로도 들을 수 있다. 목탁이라는 물고기를 한번 보아라. 이 물고기의 입은 죽 찢어져 귀로 연결되어 있다. 코는 없다. 눈도 없다. 오직 소리를 내는 입과 소리를 듣는 귀, 아니다, 소리를 내는 귀와 소리를 듣는 입이 있다. 소리를 먹는 입과 소리를 싸는 귀, 소리를 먹는 귀와 소리를 싸는 입이 있다. 이 기이한 물고기는 소리를 내지 않을수록 소리가 난다. 소리를 듣지 않을 때에 목탁 속에는 오히려 소리가 쌓인다.

소리가 가득 차 넘친다. 나는 가끔 그 소리를 빨아먹는다.

노량진 수산 시장에는 참으로 멀리서 유학 온 목탁들이 소리를 쌓고 있다. 그 목탁들은 펄펄 싱싱하게 살아 있다. 보란 듯이 살아 있다. 그 목탁들이 소리를 쌓을 때 어항은 만길 바다 속이 된다. 목탁들은 이제 삶과 죽음을 초월한다. 죽어서도 살아 있고, 살아 있으면서 그들은 이미 죽어 있다. 백번을 칼질 당하고도 뻐끔뻐끔 숨을 쉰다. 입속에 들어가서도 꼬물거리며 목구멍의 깊은 바다 속으로 다이빙한다. 목구멍의 깊은 바다는 지금 소리를 축적하고 있다. 목탁을 집어삼킨 위장은 모조리 목탁이다. 목탁을 집어삼킨 목탁은 이제 목탁을 먹지 않으면 살 수 없다.

목탁을 먹을 때마다 내 몸의 기관들은 목탁이 된다. 목탁에 목탁을 밀어 넣고 목탁으로 씹어 목탁에서 나온 침을 섞어 목탁 속으로 쓱 집어넣으면 목탁의 기나긴 터널을 지나, 목탁 알갱이들이 너저분하고 고온 다습한 목탁 속에서 수많은 목탁들이 묽어져, 다시 기나긴 목탁의 터널 속에서, 때로는 둥글둥글 2심방 2심실의 목탁의 동굴 속에서, 더러는 실같이 축축 늘어진 목탁 속에서, 기화되어 목탁 속으로 증발하고, 냄새나는 목탁이 되어 목탁 속으로 빠져나가고, 목탁의 강물에 휩쓸려 목탁의 바다로 간다.

목탁은 이제 나의 음식이고, 나의 혓바닥이고, 나의 가슴이고, 나의 허파이고, 나의 성기이고, 나의 머리이다. 나의 색수상행식(色受想行識)이다. 나의 식욕이고 성욕이고

수면욕이다. 나의 탐진치(貪瞋痴)다. 목탁은 목탁일 뿐이지만, 목탁은 목탁이 아니다. 목탁은 다시 물고기다.

목탁은 태어나면서부터 물고기의 모양을 입고 태어났다. 왜 하필 물고기인가? 새가 아니고, 네발짐승이 아니고, 벌레도 아니고, 사람도 아니고 왜 하필 물고기인가? 물고기는 모든 생명의 어머니이다. 어떤 생명체나 물고기로부터 비롯된다. 우리는 모두 태아 시절, 아니 정자와 난자의 시절에 물고기를 경험했다. 새 또한 그 흥건한 좁고 넓은 바다(알)에서 일정 기간 물고기로 살다가 갑자기 물고기를 배반하고 새가 된다.

왜 그런가? 물고기는 최소한의 숨을 쉬고 사는 동물이기 때문이다. 최소한의 숨을 쉬고도 살 수 있는 물고기! 그러기에 물고기를 살리는 것은 모든 생명을 살리는 것이다. 물고기를 죽이는 것은 모든 생명을 죽이는 것이다. 따라서 물고기를 살리는 것은 모든 생명을 죽이는 것이다. 물고기는 모든 생명의 어머니이다. 성욕이다. 물고기의 타원형(타원형의 의미에 대해서는 박상륭의 소설 『죽음의 한 연구』에서 너무나도 집요하고 풍부하고 체계적으로 추궁되었기에 나는 추궁할 힘이 없다.)은 밤하늘이다.

목탁은 밤하늘에서는 새가 된다. 목탁은 새처럼 첫소리를 낸다. 나무로 만든 첫소리, 새의 노래의 첫소리는 모든 유정(有情)의 머릿속을 파고들거나, 눈깔을 파먹는다. 눈깔을 파먹고 눈깔을 내놓는다. 그 눈깔이 새의 노래가 되어 쇳소리를 낸다. 그 쇳소리는 유정들의 우멍한 눈구멍 속에 박힌다.

밤하늘에는 저 먼 바다에서 몇 억 광년을 달려온 목탁의 쇳소리, 물고기의 새의 눈깔이 있다. 그 눈깔들을 바라보며 나는 또 한 마리 목탁이 된다. 내가 바라보는 것들도 훨훨 날아가는 목탁이 된다. 별이 목탁이 되고, 달이 목탁이 되고, 구름이 목탁이 되고, 비둘기가 목탁이 된다. 목탁이 된 비둘기는 비둘기가 아니다. 둘기다. '비'자를 잃어버릴 때 비둘기는 둘기가 된다. 목탁이 된다. 둘기는 날아가지 않는 새이다. 날아가되 날아가지 않는 새이다. 눈앞의 먹을 것 때문에 저 먼 하늘의 바다, 그 바다의 물고기를 보지 못하는 새이다. 저 먼 바다의 하늘, 그 하늘의 나방을 보지 못하는 새이다. 새도 아니다, 둘기다. 그리하여 목탁이다. 그들은 저 먼 하늘과 바다를 떠나와 이 먼 하늘과 바다에서 판잣집을 짓고 산다.

둘기가 바라보는 모든 것은 목탁이 된다. 버스가 목탁이 되고, 지하철이 목탁이 되고, 토큰이 목탁이 되고, 지하철 정액권이 목탁이 되고, 창녀가 목탁이 되고, 구걸하는 장님이 목탁이 되고, 배추 무 감자 등이 목탁이 되고, 고등어 명태 오징어 광어 우럭이 목탁이 되고, 그리하여 목탁들은 이 모든 것들의 소리를 낸다. 소리를 보여 준다.

목탁은 그 소리를 하나하나 들여다보고 싶다. 들여다보고 싶다는 욕망을 버려야 진정으로 들여다볼 수 있지만,

그 욕망을 버리지 못하는 목탁은 목탁을 들여다보기 위해 성급하게 목탁의 손잡이를 잡는다. 목탁에는 손잡이가 있다. 목탁이 목탁의 손잡이를 잡고 목탁을 들여다보면 목탁이 너무나 무거워진다. 나중에는 목탁의 손잡이가 목탁의 손을 잡고 있다.

목탁의 방에도 지금 목탁이 하나 있다. (너에게는 입산수도하는 것이 가장 어울린다고 선배가 사 준 것이다.) 목탁의 입을 들여다보노라면, 귀이기도 한 그곳을 들여다보노라면, 이제는 눈깔이기까지 한 그곳을 들여다보노라면, 그곳에서 하늘이 펼쳐진다. 목탁만이 보는 목탁의 하늘이다. 늙어 빠진 하늘이다. 사위를 온통 검게 태우고 좁쌀 같은 빛의 알갱이들을 수놓는 너무나도 늙어서 아름다운 하늘이다. 늙을 수 있는 끝까지 늙은 하늘은 가장 젊은 하늘이다. 영원한 젊음으로 괴로운 디오니소스보다 더 젊은 하늘이다. 최대한으로 젊은 하늘을 입으로, 귀로, 눈으로 삼고 있는 목탁은 최대한으로 늙었다. 겉늙은 목탁은 최대한으로 늙은 목탁을 바라본다. 늙은 목탁이 얼마나 아름다운지 아는 겉늙은 젊은 목탁은 그리하여 슬프다. 죽은 목탁은 더욱 아름답다. 충분히 앓고 난 뒤의, 앓고 앓고 앓아야만 피어나 앓아야만 열리는, 앓음의 꽃, 앓음의 열매, '앓윾다운' 아름다움, 죽음은 그러나, 있는가, 어디에?

자유

나는 사람이다? 정말 사람인가? 인간인가? 내가 사람인 것은 무엇으로 증명할 수 있는가? 주민등록증? 직립 동물? 몸? 얼굴? 눈과 입과 코와 귀? 머리와 다리와 팔과 뇌와 내장? 나는 해부학적인 의미에서 사람인가? 종교학적인 의미에서 사람인가? 철학적인 의미에서 사람인가? 내가 사람이자 인간이란 것은 누구에게 증명 받을 수 있는가? 우리가 사람이라는 것은 누가 규정해 준 것일까? 신(神)일까? 고고인류학자일까? 해부학자일까? 종교학자일까? 철학자일까? 주민등록증을 발급해 준 공무원일까? 국가 원수일까? 시인일까?

어쨌든 나는 지금 사람 행세를 하고 있다. 사람만이 할 수 있는 시를 쓰고 있다. (이 말도 다분히 인간중심적인 발상에 의한 것이다.) 그러나 사람 행세를 하고 있는 내가 과연 '나'이기는 한 것인가? 나는 지금 '있는' 것인가? '있는' 것처럼 보이는 것에 불과한 것은 아닐까?

사람 행세를 하다 보니, 생각하는 모든 것도 사람 중심이다. 자신이 정말 사람이란 것을 확신하지도 못하면서, 인간을 중심으로 사물과 사건들을 판단한다. 동물의 죽음은 죽음도 아니다. 미물(물론 미물은 미물이 아니다. 미물이라는 이름의 유정일 뿐이다.)들의 죽음은 죽음도 아니다. 사람이 죽어야만 죽음이다. 동물들의 아픔은 아픔도 아니다. 식물들의 생각은 생각도 아니다. 그들은 사람을 둘러싼 '환경'일 뿐이다.

그래 봤자 인간도 죽는다. 인간이야말로 서서히, 순식간에 침식되는 사태 직전의 모래언덕이다. 인간이야말로 가장 유한한 존재이다. 왜냐하면 인간은 자신의 유한성을 그 무엇보다도 잘 알고 있기 때문이다. (이 또한 인간중심적인 '유한한' 발상이다.) 자신이 유한한 존재라는 것을 모른다면, 그는 유한하지 않다. 인식하지 않은 '유한'은 유한이 아니기 때문이다. 무생물을 유한하다고 여기지 않는 것과 마찬가지이다. 인간이야말로 가장 유한한 존재이다. 그리하여 인간의 상상력 또한 가장 유한하다. 인간의 상상력으로는 진정 자유로울 수 없다.

자유를 추구하는 나의 시는 너무나도 무모하게 인간의 상상력을 벗어던지고 싶다. 인간의 상상력을 벗어던지기 위한 수단은 무엇인가? 그것 또한 인간의 상상력 아니겠는가? 꿈이니, 무의식이니, 몽상이니 하는 개념을 들먹일 수도 있겠다. 어떻게 부르든 그것을 언어로 표현할 때에는 다시 인간적인 옷을 입을 수밖에 없다. 그리하여 그것은 자유를 박탈한다. 인간이란 유한한 것이기 때문에 결국 인간의 옷(자유) 또한 유한할 수밖에 없는 것이다. 어쩌면 진정한 자유란 있을 수 없는 것인지 모른다.

그러나 나는 자유를 추구한다. 도대체 자유가 무엇이기에 나의 마음은 이토록 자유를 갈구하는가? 자유? 자유란 자기 마음대로 하는 것이냐? 그럼 '마음'이란 무엇이냐? 그 마음이 원하는 바는 무엇이냐? 내가 아는 것은 정말 너무도 없다. 그러나 나는 마음을 별이란 이름으로, 노을이란 이름으로, 이슬이란 이름으로, 꽃이란 이름으로, 밤이란 이름으로, 목탁이란 이름으로 불러내어 두들겨 팬다. 아 그렇다. 지금 내가 누릴 수 있는 자유는 마음을 마음대로 두들겨 팰 수 있는 자유뿐이다.

아 이제는 자유를 위해, 자유의 안녕을 위해, 자유의 장래를 위해, 자유의 숭고한 죽음을 위해 마음을 사정없이 두들겨 패리. 자유가 죽을 때까지. (장례식은 물론 없을 것이다. 아니 장례식은 이미 있었다. 이미 있었으므로 없었다.)

나의 마음을 만신창이로 만들어 그 마음이 있던 자리에 다른 마음을 집어넣고 싶다. 별의 마음, 노을의 마음, 이슬의 마음, 꽃의 마음, 나무의 마음, 목탁의 마음, 풍경(風經, 나의 풍경은 風磬을 포함한 모든 바람의 경전을 의미한다.)의 마음, 비둘기가 되지 못하는 둘기의 마음, 녹슬어 가는 쇠붙이의 마음, 끊임없이 흘러가는 강물의 마음, 바다의 마음, 시간의 마음을 집어넣고 싶다. 그리하여 이 여러 가지 마음으로 자유롭고 싶다. 자유를 위해서 그 마음을 더욱 가혹하게 두들겨 패야 한다면 물론 그리할 것이다. 그 마음들 모조리 죽을 때까지, 자유 또한 죽어서 자유마저 진정 자유로워질 때까지.

마음은 어디에 있는가? 몸에 있는가? 몸속에 있는가?

몸 주위에 있는가? 몸은 어디에 있는가? 있기는 한 것인가? 마음이 없는 몸을 있다고 할 수 있는가? 몸이 없는 마음을 있다고 할 수 있는가? 어떤 대답도 정답일 수 없다. 그러나 오랫동안 마음은 몸의 통치자였다. 지금까지 마음은 몸을 지배해 왔다. 몸을 지배함으로써 사실은 몸에게 지배 당한 것이다. 이제 몸과 마음은 헤어져야 한다. 미리 이별해야 한다. 마음이 없어야 몸이 자유롭다. 몸이 없어야 마음이 자유롭다.

아 이제는 몸을 죽이고 마음을 자유롭게 풀어놓으리. 몸이 죽으면, 마음을 죽이고 몸은 자유롭게 풀어놓으리. 자유 또한 자유롭게 풀어놓으리.

차창룡

1966년 전남 곡성에서 태어났다.
조선대학교 법학과와 중앙대학교 대학원 문예창작학과를 졸업했다.
1989년 《문학과사회》를 통해 등단하였으며,
1994년 《세계일보》 신춘문예 문학평론 부문에 당선되었다.
제13회 〈김수영 문학상〉을 수상했다.
시집 『해가 지지 않는 쟁기질』, 『나무 물고기』 등이 있다.

미리 이별을 노래하다

1판 1쇄 펴냄 1997년 12월 5일
개정판 1쇄 찍음 2007년 4월 16일
개정판 1쇄 펴냄 2007년 4월 20일

지은이 차창룡
편집인 장은수
발행인 박근섭
펴낸곳 (주) 민음사

출판등록 1966. 5. 19. 제16-490호
서울시 강남구 신사동 506번지 강남출판문화센터 5층 (우)135-887
대표전화 515-2000 / 팩시밀리 515-2007
www.minumsa.com

값 7,000원

ISBN 978-89-374-0661-4 03810